KB196319

오늘도 별로 뜨는 그대에게

오늘도 별로 뜨는 그대에게

초판 1쇄 발행   2025년 2월 20일

지은이 | 남궁영희
만든이 | 이한나
펴낸이 | 이영규
펴낸곳 | 도서출판 그린아이

등록 연월일 | 2003. 12. 02.
등록 번호 | 제2-3893호
주소 | 서울특별시 은평구 녹번로 6-11, 201호
전화 | 02)355-3035 팩스 | 031)965-4679
이메일 | gmh2269@hanmail.net

ISBN 979-11-91376-46-3(03810)

오늘도 별로 뜨는 그대에게

남궁영희 시산문집

그린아이

어린 시절, 별을 보며 '저 별처럼 살 수 있다면 얼마나 좋을까' 하는 생각을 했습니다. 별의 맑은 빛을 볼 때마다 내 마음에서도 그 맑음이 나올 수 있기를 소원하였지요.

바람과는 달리 이런저런 일들을 만날 때마다 마음은 탁해졌고, 그만큼 맑음을 향한 간절함도 더했지요.

시끄럽고 복잡다단한 인간사를 내려다보면서도 늘 고요한 별을 보며 어디선가 맑음의 정수 속에서 마음과 몸을 씻고 나온 그들의 행적을 그렸습니다.

초평호에서

산 그림자 몸 담그고 하루를 놓고
태양이 호수와 눈맞추다
벌게진 자취를 남기고
산 너머로 사라지면

달이 쉬며 얼굴 씻고
별들도 초평호수로 내려와
흔들리는 물의 품에서 잠든다

밤새 별들이 모아 온 사연
헹구느라 물결 분주하고

맑은 빛만 남을 때를 기다려
물안개 피는 새벽
남모르게 별의 몸을 열어 담아준다

날아오른 별들은 마을 위에서
밝은 사연으로 빛나고
사람들은 왜 아침마다
행복이 솟는지 잘 알지 못한다

밤하늘의 어둠이 짙을수록 별은 더욱 밝게 빛나지요. 저 또한 부조리와 어둠의 환경에서도 그 속에 침몰하지 않고 맑음에 몸 담그고 오히려 주변을 밝게 하는 꿈을 꾸곤 합니다. 저의 하루하루는 맑음의 정수를 찾아 떠나는 여행과도 같습니다.

최근 사람을 만나고 고운 풍광을 카메라에 담는 나들이는 최고의 순간이었습니다. 이웃을 돌보는 선한 손길, 가치 있는 일을 위해 생명도 내놓았던 분들의 발자취를 만날 때면 주르륵 눈물이 흘렀습니다.

다양한 색깔의 감동은 시간이 흐르면서 마음에서 발효되어 몽글몽글한 것들로 떠올랐습니다. 주섬주섬 담다 보니 시산문집의 형태가 만들어졌지요. 가내수공업 같은 책 만들기이지만 진심을 담았습니다. 두 번째 책을 낼 수 있는 힘은 첫 책을 사랑해 준 독자에게서 왔습니다.

"읽다 보면 깊은 숲길을 걷는 것 같아요."

"핸드백에서 꺼내 보며 위로받아요."

일면식도 없는 독자의 고백을 전해 들을 때 마음이 따뜻해졌고, 이에서 발생한 에너지는 두 번째 책을 향해 나아가는 동력으로 작용했습니다. '좋은 독자가 좋은 시인을 만든다', '시인의 손을 떠난 시는 독자의 것이다'라는 말에 깊이 공감하며 그분들께 감사드립니다. 서툰 솜씨에도 주신 과분한 상은 앞으로 더 잘하라는 격려의 토닥임으로 받았습니다.

러브 레터를 쓰고 우체통에 넣는 아이처럼 설레고 떨리는 마음으로 또 한 권의 책을 세상에 보냅니다. 이 책을 읽는 이마다 맑은 행복이 가득하기를 소망합니다.

2025. 2.
시인 **남궁영희**

진선미를 추구한 목가적인 시

김소엽
(대전대 문창학부 석좌교수)

지금 우리는 인간의 상상을 초월하는 AI시대를 맞이하고 있다. 신만이 인간을 창조할 수 있는, 신의 영역까지 넘보는 시대가 왔다. 창세기에서 보는 바벨탑 사건은 바로 신에 도전하는 인간의 교만을 응징하여 인간의 모든 언어를 흩으시며 서로 소통하지 못하게 하셨다.

그 틈새에서 시인의 역할이란 신과 인간의 소통과 사람과 사람 사이 소통이 절실히 필요해져서 진, 선, 미를 추구하며 신의 곁에서 가장 절실한 언어예술로 표현한 것이 시이다.

이런 바탕 위에서 남궁 시인의 시를 본다면 그의 시는 지고지순했던 유년의 그리움을 진선미로 그려내는 데 만만치 않은 저력을 보여준다. 그는 이끼

낀 나무에서 생명의 깊은 숨소리를 들을 수 있는 귀를 가졌고, 봄이면 청량한 물소리로 여섯 살의 봄을 떠올리는 심상을 지닌 시인이다.

현대의 단절된 인간관계에서 너와 나 사이 '너와 나의 샘가에서도/사랑의 물이 적절하게 차올라/푸르게 흐르면 좋겠다'(「너와 나」 2연)라고 고백하고 있다.

그렇다. 우리는 모두가 외롭다. 사람과는 단절된 공간에서 하루종일 핸드폰이나 컴퓨터만 상대하는 시대가 된 것이다. 부부간에 부모자식간에 친구간에 문명사회가 되어갈수록 우리는 점점 더 외로워져 갔다. 그러면서 인공 지능이 인간을 대신해서 삶의 구석구석을 지배하고 있어 편리해졌는지는 몰라도 인간의 온기는 없다. 또한 AI가 발달하면 할수록 하나님과 인간 사이는 멀어진다. AI는 바로 현대판 바벨탑이다.

혹자는 앞으로는 AI가 시도 써주고 그림도 그려주고 작곡도 해주기 때문에 예술가가 필요없게 되는 시대가 온다고 하지만 나는 오히려 반대로 얘기하고 싶다. 하나님과 인간 사이 간극과 인간과 인간 사이 간극을 온기로 이어주고 메꿀 수 있는 길은 시밖에 없기 때문이다. 이런 의미에서 남궁 시인의 시는 더욱 빛을 발한다.

그는 18세기 영국의 위대한 시인 윌리엄 블레이크처럼 한 알의 모래 속에서 우주를 보고 한 송이 꽃에서도 영원을 보는 마음이 자리하고 있기에 그의 시에 대한 기대치가 그만큼 크다 하겠다.

현대시가 모더니즘을 거치면서도 서정성을 중요시하는 것은 앞서 말한 대로 시인의 역할 내지는 시의 효용성은 여전히 유효하기 때문이다. 인간성의 파괴에 이른 요즈음 다시 영국 낭만파 시인들이 지향했던 자연에 대한 예찬, 어린시절 순수에 대한 그리움, 목가적 찬미 등과 같은 반열에 속한 남궁 시인의 시야말로 인간의 따스한 온정과 사랑 그리고 잃어버린 순수를 독자들에게 되찾아 줄 수 있는 귀한 선물이 될 것이라고 생각하며 일독을 권하는 바이다. 다시금 시산문집 『오늘도 별로 뜨는 그대에게』 출간을 축하드린다.

목　차

제3부 화양구곡에서

-제1부-

너와 나는

꽃을 피운 이에게

그대가 꽃을 피웠다면
자신의 몸통을 내어준
그가 있었기 때문이고
지나는 바람도
한몫했음을 기억해.

어머니를 떠올리며

요즘은 며칠 전 일도 깜박 잊을 때가 있는데, 유년의 일들은 늘 내 마음의 어딘가에 자리하고 있다가 어느 순간 하와이 무궁화처럼 화들짝 피어납니다.

어찌 잊을 수가 있겠습니까? 처음 살갗에 닿았던 겨울눈의 짜릿한 감촉, 영원히 끈적일 것 같은 여름날 소나기와의 첫 만남, 언덕 위에서 손바닥에 받은 햇살의 따사로움, 눈앞에 펼쳐진 모든 광경이 피어나는 봄으로 가득했던 날의 경이로운 순간을 말입니다.

어느 하루의 기억은 찰방찰방 물소리와 함께 선명하게 떠오릅니다. 대여섯 살 즈음의 봄, 자잘한 꽃무늬 치마를 입고 엄마와 함께 이웃 마을의 잔치에 가기 위해 집을 나섰지요.

엄마는 집 안에서 살림하는 것을 좋아하여 5일장에 가끔 가시는 것 외에는 거의 바깥나들이를 하는 법이 없으셨어요. 엄마와 함께하는 오랜만의 외출이었기에 괜시리 설레어 까만 고무신을 신고 뜰방을 오르락내리락하였지요.

집 뒤의 야트막한 산 하나를 넘고 마을을 지나니 차가 다니는 길이 나왔습니다. 크고 작은 자갈들이 즐비하게 깔린 신작로를 따라 한참을 걸었습니다. 나른한 봄기운이 가득할 즈음, 산모퉁이를 돌아오니 자줏빛 꽃으로 가득한 논이 펼쳐졌습니다.

때마침 1시간에 1대 지나가는 버스가 눈앞 가득 먼지를 일으켜 꽃빛마저 흐려져도 하염없이 자주 꽃동산을 바라보고 바라보았습니다. 행복이 넘쳐 흐르고 어지러울 지경에 이르러서야 정신을 차리고 엄마 손을 꼬옥 잡았습니다.

처음 보는 마을이 나왔고 큰 느티나무를 돌아 논둑길로 접어들었습니다. 나중에 학교에 다니면서 그 마을 이름이 '봉황'이라는 걸 알게 됐고, 방과 후에는 그곳에 사는 친구들과 그 나무 아래서 놀았습니다.

올챙이들이 헤엄치는 것을 보다가 미끄러져 말랑말랑 논둑을 맨발로 걸어 산 아래에 다다랐지요. 산과 논 사이 시내가 흐르고 모랭이 모랭이가 끝없이 펼쳐져 있는데, 온통 하얀 찔레꽃으로 덮여 있었습니다.

가지 사이로 물살을 따라 하얀 꽃잎이 울렁울렁 흘러가는 것이 언뜻 보였습니다. 지금 생각해 보면 엄마는 감수성이 무척 풍부하였어요. 행복한 미소를 지으며 "꿈길을 걸어가는 것 같아." 했지요.

걷다 보니 어느새 잔칫집에 도착했습니다. 그 집 어르신이 손에 쥐어주신, 넘어뜨려도 자꾸만 일어나는 생전 처음 보는 '오뚝이'라는 인형은 참 신기했어요.

다시 꽃치마를 나풀대며 찔레꽃 길을 걷고 논둑을 지나 느티나무 마을을 지나 신작로를 지나왔습니다. 오는 길에 아침에 본 꽃밭을 찾았지만 도무지 보이지 않았어요.

"엄마 예쁜 꽃이 왜 안 보이지?"
"응, 그새 논을 다 갈아 엎은 것 같아. 퇴비로 쓰는 꽃이야."
그때 보았던 신기루 같던 자운영 꽃밭을 다시 한 번 볼 수 있다면 좋겠습니다.

어느덧 어린 소녀는 어른이 되어가고 엄마는 노인이 되어갔습니다.
평소에는 늘 조용하고 칭찬도 책망도 거의 하지 않는 분이 돌아가시기 얼마 전 무심히 말씀하셨지요.
"어린 것이 고생 많이 혔다. 도시에서 핵교 다니고 일한다는 것이 참 고몄을 텐디. 엄마가 해준 것이 많지 않아서 미안하다."

난 그저 눈물을 그렁그렁할 뿐이었지요.

엄마는 해준 것이 많지 않다 했지만 지금 생각해 보면 평생을 쓰고도 남을 자원을 제게 주셨지요.

그때 다 해드리지 못한 말 지금이라도 고백합니다. 엄마가 저와 함께해 주었던 따뜻하고 행복했던 유년의 기억들은 내 안에 늘 동력으로 자리하고 있어요. 무심히 잡아주었던 엄마의 손이 나를 겨울 같은 날에도 봄길로 이끌어 내곤 했어요.

그 어린 날에는 잘 몰랐지만 인생을 살아가는 중 비가 내리는 궂은 날에도 힘차게 창공을 날갯짓하는 근육이 그 시절에 형성되었어요.

앞만 보고 달렸던 걸음을 잠시 멈추고 뒤돌아보니 이제는 보여요. 시내를 따라 흐르던 꽃잎들이 세월을 따라 흘러와 인생의 고비마다 청량감으로 새 힘을 부어주고, 고운 퇴비가 되었던 자운영이 내 마음속에 지지 않는 꽃으로 피어나 고비고비 허기진 순간마다 자양분이 되어준 순간들이.

지난 시간을 돌아보면 물론 늘 꽃길만을 걸었던 것은 아니었지요. 하지만 아픈 시간들조차 세월 속에 농축, 발효되어 좋은 퇴비가 되었어요. 저는 잠깐 만났던 사람들일지라도 그들에게 받은 것들을 소중히 여기며 살아갑니다. 나도 누군가에게 조금이라도 도움이 되는 그런 삶을 살고자 하는 열망을 갖게 된 것은 함께했던 분들이 전해준 사랑의 온기 때문이었습니다. 어떤 형태의 만남이든 함께했던 분들에게 더욱 고마운 마음을 가집니다.

봄나들이

봄이면 청량한 물소리로
여섯 살 봄이 다시 흘러온다

신작로에 이는 흙먼지 사이
자줏빛 자운영 불꽃처럼 일고

산모랭이 모랭이 하얀 찔레꽃
인생의 고비마다 흘러와
나를 세우며

마음에 핀 자운영
인생의 자양분 되고

엄마 손 온기
겨울날에도 봄길로 인도한다.

환희의 기록

아직 눈 내리고 영하인 날씨에
키 큰 나무들이 잎을 내기 전에
햇빛을 모으는 식물이 있다

숲의 가장 작은 초록이는
언 땅을 녹여가며 천천히
향기와 빛깔을 기록해간다

힘겨운 날을 살고 있다면
겨울이 지나가는 숲으로 가
샛노란 책을 읽어보라

너무나 오래되고 당연한
본능으로 꽃을 피우는
그들의 환희의 기록을 말이다.

봄꽃

겨울이 막바지인 시간
산야는 아직 무채색이다

그 고요한 빛깔을 배경으로
화사한 얼굴을 내민
첫 꽃은 특별하다

그 강렬한 만남을 잊지 못하고
그들의 이름을 기억하며
봄이면 진달래 개나리
철쭉 산수유가 피었다며
자꾸만 이들의 이름을 부른다.

시의 화원

시의 씨앗은
봄햇살의 나른함 속에서
연둣빛 이파리가
불현듯 고개를 내밀듯
솟아오른다

처음 햇살을 보는 순간이
오래 걸렸을 뿐
그다음은 일사천리다

내 속에서
손님의 얼굴이 보이면
숨죽이며 기다린다

마침내
시의 숨소리가 온몸을 감쌀 때
황홀한 시의 화원이 펼쳐진다.

버스 정류장 의자

이른 새벽 비 젖은 버스 정류장 의자
아주머니 세 분이 종이박스를 깔고
담소를 나누다 버스를 타고 떠난다

우리네 삶이란 젖은 의자 위에
종이 박스 하나 얹어 잠시 쉬다
떠나는 일인지도 모른다 생각하며

몇 분 남았는지 전광판을 확인하고
버스 정류장 의자 위에 앉는다.

서울 민들레

보도블록 민들레
어깨 비틀고 나온
노랑빛 얼굴

그리움을 덮고
웃음을 보류하고
행복을 미룬 이들에게
봄을 잊은 이들에게

삐약삐약 병아리처럼 명랑하기를
담장 탄 개나리처럼 한가롭기를
노란 모자 아이의 나들이처럼
봄 바라보라고 말한다.

서대문형무소

견고한 붉은 벽돌
규제 통제의 벽 쌓았지만
독립 열정 의지의 상징 되어
조각난 벽돌마저 보물로 남고

높은 담장, 지하 감옥으로
조국애 열정 묻고자 하였으나
남녀노소 손잡고 거닐며
민족애 일깨우는 산실이구나

개성, 파주 사통팔달에 세워
경고의 사이렌 울렸지만
광복의 기쁨 흘러가는 통로
만방에 일제 만행 알리는
힘찬 나팔수구나.

통곡의 미루나무

1923년에 심겨져
햇빛과 눈물을 먹고 자랐다

서대문형무소 사형장 앞길
내 허리를 부여잡고 통곡하며
조국의 독립을 보지 못하고 죽는 것이
원통하다 원통하다 원통하다

밧줄이 드리워지고
시구문으로 멍투성이 으스러진 몸뚱이
아무도 모르게 처리한 줄 알았는가
목숨 끊을 때 독립 의지도 끊을 줄 알았는가

냇가의 미루나무
새들의 노래, 물 내음 전하지만
나는 짠 눈물이 무거워 바람에 실려 보낸다

깊은 골짜기에서부터 돌풍 되어
만세 바람 온 나라 휘몰아치니

대한 독립 만세!
대한 독립 만세!
대한 독립 만세!

뿌리에서 어린나무 자생하고
조국 향한 물기 어린 사랑
수십 년 간직했던 몸뚱이
2020년 여름 쓰러져
통곡의 미루나무라 불리우는구나.

십자가와 부활의 비밀

죄 없으신 하나님 아들 예수님이
인간의 죄짐을 대신 지시고
매달린 사형의 도구 십자가가
구원의 상징이 된 비밀을 아시나요

사망 권세 깨뜨리시고 부활의 첫 열매로
우리에게 부활과 생명의 길을 여시니

우리 옛사람이 죽고
자아가 죽고 불신앙이 죽을 때
예수님을 따라 부활의 주인공이 되는
놀라운 비밀을 아시나요

말씀을 먹고 찬양을 드리며
기도의 향을 올려 새로워진 영혼으로
마리아처럼 무덤까지 따라가는 이마다
부활의 기쁨도 함께 누리는
행복한 비밀을 아시나요.

꽃자리

꽃 피는 자리가 따로 있으랴
어디든 햇볕 받고 물 찾아 마시고
소망 간절하면 거기가 꽃자리야

바로 지금 발 디디고 선
그 자리가 꽃자리야.

고사목과 참으아리

　신기한 꽃나무를 보았습니다. 키 큰 나무에 하얀 자잘한 꽃들이 가득히 피어 참으로 아름다웠습니다. 자세히 보니 넝쿨식물 참으아리가 죽은 나무를 타고 올라가 만개한 것이었습니다. 그 순간 '허점 많은 인생살이하는 중에 우리의 모든 만남도 이와 같다면 얼마나 좋을까?' 하는 생각을 하였습니다.

　축제의 나무

　넝쿨손 부지런하니
　고사목 올라 꽃 피워
　하얀 불꽃 가득한
　축제의 나무 되었네

　죽음에 이른 고사목
　자신을 오롯이 내주어
　하얀 별 빛내며
　다시 살아난
　신비의 나무 되었네.

사람마다 정도의 차이는 있겠지만 자신에게 없는 것, 부족한 것들에 주목하며 아쉬워하기 쉽습니다. 저 또한 그런 사람 중의 한 사람이었지요. 관악산에 오르다가 눈길을 끄는 글귀를 보았습니다. '불행한 사람은 자신에게 없는 것에 집중하고, 행복한 사람은 자신에게 있는 것에 집중한다.' 참 고개가 끄덕여지는 말입니다.

없는 것만 주목하여 슬퍼하는 것이 아니라 나에게 있는 좋은 것, 넉넉한 것을 이웃과 나누며 살아간다면 어떤 일이 벌어질까요? 나누어 주었으니 손해일까요?

세계인의 스테디셀러 성경을 보다가 참으로 아름다운 만남이 기록되어 있는 것을 발견하였습니다. 사도 바울과 오네시모와의 만남입니다.

오네시모는 본래 노예로 잘못을 저지르고 도망쳤으나 붙잡혀 감옥에 갇힙니다. 감옥에는 복음을 전하다가 투옥된 사도 바울이 있었지요. 오네시모는 바울에게 복음을 듣고 새사람으로 변합니다.

바울이 오네시모의 주인에게 보낸 편지를 보면 '사랑받는 형제로 둘 자며 유익한 사람이 되었다.'고 하였습니다. 바울은 변화한 오네시모로부터 요긴한 도움을 받았습니다. 이처럼 서로를 채워주는 귀한 만남은 인생을 아름답게 합니다.

기대로 빛나는 눈을 가지고 아침을 맞이하는 이
마다 귀한 만남의 축복이 손짓할 것입니다.

봄바람 사랑

격정적으로 때로는 부드럽게
겨우네 잠을 자던 나무와 풀을 깨우고
부지런히 발을 움직여
일어나라고 외친다

뿌리를 흔들어
영양분을 나무 꼭대기까지 보내고
겨울을 난 꽃씨 날려 보내며
어서 싹을 틔우라고 보챈다

물이 차올라 눈이 돋고
몽우리가 꽃으로 터지면
꽃가루에 입맞추며
어서 열매를 맺으라 속삭인다.

아버지

껌딱지처럼 내 뒤만 따르는
외손자 보며 혼잣말을 하셨다
'꼭 이 나이였지 양자로 간 때가
몇 년 뒤 집에 온 날은
엄마의 장례식이었어.'

이제 친어머니 양어머니
새어머니 묘소 곁 봉분 위에
햇살 안은 바람 노니니

인생의 계절을 가장으로 사시며
겨울 온기, 땡볕 속 시원한 바람으로
버텨내신 날들을 떠올리니
사무친 그리움 눈물로 흐른다.

문학기행

창조 섭리 가득한 산과 들을 지나
시인들과 바람의 언덕에 오르니
문학 향기 가득하고

귀한 교회에 이르러 찬송하니
학개 선지자 말씀을 들은 듯
훼손된 마음의 성전 다시 세워져

행복을 주시마 약속하신 하나님께
감사의 마음 담아 경배하니
하늘 오른 시향 자운영 밭 펼친다.

천제연天帝淵에서

별빛 속삭이는 밤
자줏빛 구름다리 건너와
옥피리 불며 미역감는
칠선녀 전설 따라 걸으니

한라산 철쭉향 낙엽향
물줄기로 굽이치고
숲자락 자락마다
꽐꽐 찰찰 흐르니

뿌리를 목울대 삼아
꿀꺽꿀꺽 마시고 자라는
바위손 일엽 담팔수
솔잎난 마삭풀 왕모람

무지개 울타리 난대림 안아
하나님의 못 비추고
산객 허리 숙여 물 마시니
영혼에 스미는 생명수더라.

봄날

봄 강물 송사리 떼
정신없이 이리저리
살길을 찾는 게지

언덕 아래 눈뜬 냉이
부비부비 등 맞대고
바람을 피하는 게지

옹기종기 처녀 애들
보드라운 솜털 마음
햇살에 말리는 게지.

5월의 나무

5월의 찬란한 나무에게서는
푸른 물소리가 눈물처럼 보인다

겨울의 텅빈 공간의 한 귀퉁이를
푸름으로 채워가는 시간이
어디 쉬웠을까

50년이 넘은 나무에게서는
위엄이 느껴진다

5월의 나무에 기대서면
그들의 깊은 숨소리가 들린다.

너와 나는

산에 오르니
경쾌한 계곡물 소리
행복의 나라로 이끈다

너와 나의 샘가에서도
사랑의 물이 적절하게 차올라
푸르게 흐르면 좋겠다

모자라지도 넘치지도
세차지도 느리지도 않게
아래로 아래로 흐르다
바다로 출렁여

참치와 옥돔과 맛살
미역과 다시마를 길러내고
밤이면 온몸 가득
별을 안고 잠들면 좋겠다.

여서도 사람들

물 깊은 바다 골짜기에서
푸른 하늘 그리다 솟아오른
바람도 잦아드는 고혹한 땅

여자아이 머리칼 같은 첫 미역
해녀의 손에 올라올 때
봄도 따라 올라온다

파도가 소라와 고동 고소한 김과
삼치와 감성돔 주먹만한 조개를
종일 어르고 달래며 키워내다

달빛 아래 자갈돌과 어울려
차르륵차르륵 춤출 때
평안을 베고 잠드는
여서도 사람들.

-제2부-

계절과 계절 사이

일단 시작해 봐

오래된 어미손같이 더듬거리며
한 잎 한 잎 수놓아
창문도 달린 초록집 완성한 것 좀 봐
일단 한 발을 척 올리는 게 중요해.

수채화 속으로의 여행

　유 화백이 도시생활을 접고 선택한 곳은 김유정 역 주변 마을입니다. 김유정은 고향 실레마을을 주 배경으로 하여 「봄봄」, 「동백꽃」 등을 집필한 소설 가이지요. 역 주변에 있는 김유정문학관은 참 정갈 하였습니다. 그의 수필 「오월의 산골짜기」를 보면 고향 마을의 풍광을 한눈에 보이듯 묘사하였는데, 바로 그 장소를 둘러볼 생각에 가슴이 두근거렸습 니다.

　"나의 고향은 저 강원도 산골이다. 춘천읍에서 한 이십 리 가량 산을 끼고 꼬불꼬불 돌아 들어가 면 내닫는 조고마한 마을이다. 그 산에 묻힌 모양 이 마치 움푹한 떡시루 같다 하여 마을 이름을 실 레라 부른다. 앞뒤 좌우에 굵직굵직한 산들이 빽 둘러섰고 그 속에 묻힌 아늑한 마을이다."

　실레 마을 동쪽에는 금병산이 솟아 있는데 '병풍 을 두른 듯 아름답다' 하여 붙여진 이름이라 합니 다. 유 화백은 금병산 예술촌에 자리를 잡고 계절 따라 변하는 자연을 수채화로 그려내며 이웃사랑을 몸으로 실행하는 마음 따뜻한 화가입니다.

적지 않은 연세임에도 도움을 필요로 하는 이들을 기쁘게 맞이하고 따뜻한 잠자리와 식사를 무료로 대접하는 일을 해온 지 20년이 넘었습니다. 1만여 명이 짧게는 하루, 길게는 1년씩 머물며 마음의 안정을 찾고 건강을 회복하여 삶의 현장으로 돌아갔지요.

집 안에 있는 갤러리에 들어선 순간 고요하면서도 평화롭고 힘있는 메시지를 듣는 것 같았습니다. 나도 눈치채지 못하고 있었던 마음 안의 티끌 같은 부유물이 어디론가 떠내려가는 것 같았지요.

벽에 걸린 어느 한 그림 앞에 선 순간 맑은 물이 마음에 흐르기 시작했습니다. 초봄의 산 가장자리의 호수와 초목들 사이에 들어가 발을 딛고 서 있는 나 자신을 보았습니다. 찰방찰방 물소리가 들리고, 장미 이파리에서는 푸릇푸릇한 풀내가 났으며 햇빛을 받은 땅에서는 온기가 올라왔습니다.

이런저런 대화를 나누는 사이 그림이 곧 화백 자신이라는 것을 알았습니다. 시가 곧 삶이고 삶이 곧 시이고 싶은 나로서는 참으로 부러운 경지였습니다.

화백은 한글 점자 창시자인 송암 박두성 선생의

외손녀이자, 수채화 할머니로 유명한 박정희 선생의 따님으로 그분들 못지않은 일을 했습니다. 점자도서관 건립 조성과 '인천 맹인 복지회관 건립기금'을 위해 작품 활동 및 전시 등을 통한 후원사업을 지속적으로 해왔습니다.

지금 우리는 디지털 문명의 대전환기를 살고 있습니다. 말로만 듣던 4차 산업혁명의 시대가 도래했지요. 온갖 사물이 전산화되는 사물 인터넷 시대를 넘어서 인간의 대화를 이해하고 자연스러운 답변을 생성할 수 있는 능력을 갖춘 챗 GPT와 마주하고 있습니다. 글쓰기, 예술, 의학 등 각종 분야에서 인공지능의 능력은 가히 상상을 초월합니다.

하지만 인공지능의 능력과 인간 본연의 고유한 가치를 견줄 수는 없습니다. 인공지능이 아무리 인류역사상 축적된 지식을 공부하고 통합하여 결과물을 도출해 낸다 해도 사랑, 감동, 위로와 공감을 담은 인간 고유의 결과물과는 그 차원이 다릅니다.

늘 한 단계 높은 산업혁명의 시대마다 인류의 생활은 편리해진 반면, 인간소외의 현상 또한 두드러지곤 했습니다. 어느 때보다 인간 고유의 서정성과 가치 생산이 중요하게 떠오른 시점에 어려운 이웃을 돌보며 연륜 속에서 무르익은 예술의 진수를 보여주는 귀한 분과의 만남의 시간이 참 좋았습니다.

계절과 계절 사이

계절과 계절 사이를 걷는다
봄꽃이 지고 조용히 흘러가는 시간
얼마나 많은 바람과 구름이 흘러야
한 계절이 다른 계절로 가는가

감정의 계절을 생각한다
그 사람과 좋았던 기억 나빴던 기억
그 사이에 얼마나 많은 감정의 바람이 불어
이곳에 이르게 하였는가

겨울이 되어버린 우리 사이 생각한다
감정과 감정 사이 실핏줄에
부드러운 한 방울 흘려보낸다
굳어버린 마음의 벽이 젖어들도록

시내가 되어 물길이 오가는 날도
혹 올 수 있지 않을까 하며
오늘은 꽃 진 나뭇가지 사이 비집고
하늘을 본다.

인생

인생은 고난과 축복이
날실 씨실 되어 짜는 옷 같으니
햇빛만 있으면 사막이 되고
비만 내리면 습지가 되나니

불행을 만나도
슬퍼하거나 한탄하지 말고
행운이 손짓해도 으스대지 말고
그저 순간마다
즐거이 살아야 하나니

사람으로는 다 알 수 없는
신묘막측한 섭리 속에 너와 내가 있고
오늘 하루가 지나가나니.

만리장성에 오르며

어릴적 달에서도 보이는
장성이라 듣고 놀랐더니

이제 내 발로 오르며
눈물만 나온다

등이 굽고 병들어 죽으면
그 자리에 묻혀 성벽 자체가 되길
몇 대째

사람의 숨결로 다져진
최고의 성이더라.

기경

마음에 아픔이 다가오면
얼른 가슴을 활짝 열고
힘을 빼야 한다

빗물 스며들고 햇빛 들어오고
씨앗이 썩어 없어질 때 새싹 돋는
마음밭의 광경을 보리라.

조국의 영웅들을 떠올리며

아버지는 아이 셋을 둔 가장이었지만
전쟁에 참여하기 위해 집을 나섰다
아버지는 한 번도 그 순간이 힘들었다거나
무서웠다는 말을 한 적이 없다

"그때는 다들 그랬지."
당연히 가야 할 길이니 갔고
아무 생각이 없었다고 했다

두렵지 않은 사람이 어디 있겠는가
당연한 소임으로 여겨 울음을 삼키고
담담히 자신의 생명을 내어놓은
조국의 영웅들에게
눈물로 깊은 경의를 표한다.

삶의 축

세상 문화가 내 삶의 축이 되어
살아가던 때가 있었다

지구가 태양 주위를 돌듯이
이제 하나님의 축을 따라 돌 때
모든 것이 형통함을 알매

하나님의 축을 따라 돌기 위해
하루하루 내 힘을 빼는 일을 한다.

디카시

시래기

마지막 물기마저
다 내어주고
바스락거리는 몸뚱이
힘없이 흔들리는 바로 그 순간
그 맛이 깃들어오는 거야
세상이치는 대부분 그러하지.

만남, 사랑

후두둑후두둑!

마당가 옥수수 이파리에 비가 쉬임없이 내리고 있었습니다. 심어 놓은 지 얼마 되지 않은 모들은 고개를 흔들며 양껏 물을 마시고, 논 옆 샛강의 갓 피어난 갈꽃이 싱그럽게 흔들거리고 있었지요. 몇 시간째 창가에서 밖을 내다보아도 풍경은 액자처럼 달라진 게 없었습니다.

그런데 그 그림 속으로 건장한 청년 한 사람이 걸어들어왔습니다. 그날은 생면부지의 한 청년과 우리 가족의 인연이 시작된 특별한 날이었습니다.

몇 가구 살지 않는 시골 마을에 모르는 얼굴이 없는데 이상하게 처음 보는 청년이었습니다. 어려서부터 총명하여 도시에 나가 공부를 하고 취업을 하려고 하는데, 수년째 취업이 되지 않았다고 합니다. 주변의 사람들이 '마을의 덕망 있는 어른을 양부모 삼으면 길이 열릴 것이라' 하여 찾아왔다고 했습니다.

마음에 오는 분을 찾아왔으니 양아들을 삼아달라고 하였지요. 부모님은 여러 말로 묻지 않고 흔쾌히 승낙하셨습니다. 그날로 나는 위로 오빠 넷에

수양 오빠 하나가 더 생겼습니다. 이 일이 보탬이
되었는지 곧 취직이 되었고 아들 노릇도 잊지 않았
습니다. 명절, 생신, 휴가 때면 어김없이 그 오빠의
얼굴을 볼 수 있었습니다. 작은 선물을 준비하여
안부를 묻고 돌아가곤 했지요. 그때 나는 '계절을
따라 내리는 비나 눈 같은 사람이구나.' 하는 생각
을 했습니다.

그 뒤 창가에 서서 풍경을 감상하는 일에 골몰하
던 소녀는 도시로 나가게 되었습니다. 가끔 부모님
으로부터 그 오빠의 근황을 전해 듣곤 했는데 여전
하다는 것이었지요.

아버지가 연로하시고 병이 중해지셨을 때 중년
을 지나 희끗한 머리칼의 오빠와 재회할 수 있었습
니다.

아버지는 이미 의식이 희미해지고 사람을 알아
보지 못하셨습니다.

"아버님, 병호 왔어요. 알아보시겠어요?"

목소리는 떨렸고 눈가는 젖어들고 있었습니다.
장례식 내내 아들의 자리를 지켰고, 지금도 때를
좇아 성묘를 하고 간다는 소식을 전해 듣습니다.

불현듯 '콩 심은 데 콩 나고 팥 심은 데 팥 난다'
라는 속담이 떠올랐습니다. 심은 대로 거두는 자연

의 순리가 우리네 삶과도 연결되어 있음을 봅니다.
아버지는 생전에 세 분의 어머니를 섬겼습니다. 대여섯 살 때쯤 친척집에 양자로 가게 되었는데 그사이 친어머니가 돌아가셨습니다. 어찌어찌하여 집으로 돌아오신 뒤에는 새어머니를 모시고 성장하였습니다.

아버지 생전에 선산에 함께 들른 적이 있는데 세 분 어머니의 묘소를 정성껏 돌보시는 것을 보았지요.

아버지는 '이건 이렇게 해야 한다' 하는 식의 가르침을 많이 주시지는 않았습니다. 지금 생각해 보면 당연히 해야 할 일이니 하고, 하지 말아야 할 일은 하지 않는 모습을 보여주신 것들이 그대로 내 안에 교훈이 되었습니다. 세월이 흐를수록 더욱 감사의 마음이 깊어갑니다.

부모 생각

밤나무
소나무
상수리나무
사이좋게 서 있는
고향 선산에
새집을 마련하셨지요

주인의 성품 닮아 둥그런 봉분 위에
한 줄기 햇살 간간이 내리는 빗줄기
잠시 노니다 가는 바람마저
고맙기 그지없네요

육신은 이곳에 남아
흙과 한몸이 되어가지만
영혼은 천상의 향기 속에
평안하시겠지요.

길

한 줄기 물 흘려보내고
한 줄기 물 흘러오면
버들강아지 피고
산새 들새 물 마시고 노래하는
명랑한 물길 생겨나나니

다람쥐가 오가는 숲길
좋은 사람끼리 오가면
아름다운 오솔길 이루지만
너와 내가 오가는 걸음 뜸해지면
그 길 없어지나니.

바퀴

붉은 아치형 담장 위에
발 없은 둥그런 바퀴 발견
장난기 발동하여 한마디 해본다

어디서 굴러먹다 온겨
아닌디
생의 바퀴를 불사르다
잠시 숨고르는 중인디

그렇다
자세히 보니
다시 달려나갈 기세다.

넌 어때

경청하기 힘든 순간 생각한다
대화를 독점했었던 수많은 시간들
내 말에 취해 절제하지 못한
나 자신의 어리석음을 본다

서운함을 느낄 때 생각한다
나에게 잘해주었던 수많은 일들
맘 한번 다쳤다고 잠 설치는
서글픈 나를 본다.

두물머리

금대봉 기슭, 금강산에서 내려오는 물
얼싸안고 춤추고
산맥은 이를 안고 잠시 쉬어가는 곳

실안개 피는 새벽 풍경 지나가면
물이 작은 섬의 수목을 받아
수채화 그릴 때

모래무지, 쏘가리, 잉어
햇살 속에 비늘 반짝이고
백로와 가마우지 박차고 날아오르는 곳

사람도 그 강에 기대어 살며
밤 물결 위에 별들도 마을을 여는
상생의 땅.

마음의 크기

사람은 마음만큼 살아간다

나는 날마다 가로 세로
인절미 모양 같은
창문만큼의 하루를 살다
잠이 든다

오늘은 하늘 같은 마음이 되고파
하염없이 하늘만 본다.

찬모음 반찬가게

비듬나물, 명이나물, 감자 가져와
요리하는 찬모음 반찬가게
인정 담은 산골 향기가 난다

전복, 꽃게, 가재미 가져와
요리하는 바다 요리집
마음 울렁이는 파도 소리 들린다.

산다는 것은

산다는 것은 어느 한 곳
아픈 곳을 어루만지며
견뎌내는 일

누구나
눈물 한 방울 몰래 훔치며
하루를 살아낸다

여름날 그늘이 되어주고
한파를 서로 맘 비벼
녹여주어야 하는 이유이다.

세월에게

말에
사랑에
우정에
돈에

베인 상처
없는 사람 있을까

우린 네 덕에
상처 아물고 단단해지고
어쩌다 어른까지 되어
여기까지 왔다.

-제3부-

화양구곡에서

봇물

참았던 마음 터져 나와
남의 집 담벼락을 보아도
그리움을 그리고
사랑을 써내려간다.

안양천변을 걸으며

이제 폭염으로 밖에 나가는 것이 두려웠던 여름이 지나고 선선한 바람이 가을이라 말하고 있습니다. 집 근처 안양천변에 나가니 다양한 종류의 길들이 열려 있었습니다. 지난봄에 한 번 가보았던 벚꽃길 외에도 자전거길, 산책길 등이 있었고 그 주변에는 백일홍, 장미 등 조경도 잘 되어 눈을 즐겁게 합니다.

이른봄 찬란한 꽃숲을 이뤘던 벚나무길은 가을 그늘을 드리우고 벌써 노란 이파리 한두 개를 바람결에 실려 보냅니다.

꼭 한 사람분의 그늘을 드리운 사이프러스나무 앞 벤치에 앉아 귀한 그늘을 반나절 동안이나 누려봅니다. 청둥오리 가족이 유유히 물 위에 오가는 것을 지켜보는 중에 야생초 속에서 들려오는 풀벌레들의 하모니가 퍽 좋습니다.

물 가운데에는 모래톱이 있고 무성한 갈대 사이로 살랑살랑 물고기의 헤엄치는 지느러미가 훤히 보입니다. 물이 흘러가는 길을 따라 흙의 품에 파고든 온갖 생물들의 사는 모습을 바라보며 걷다 보니 길은 어느새 유년의 강변으로 이어집니다. 금강물이 사시사철 흘러가고 기러기, 콩새들이 갈대 사이를 오가며 보금자리를 틀고 사람도 그 한 자락을 빌려 살아가는 곳입니다. 바닷물과 이어져 조석으로 물이 들어갔다 나왔다 하는 금강 하류의 비릿한 물내음과 함께 한 가지 생각이 떠오릅니다.

물길을 따라 흘러온 물고기들과 깊은 숲이나 강가에서 또 다른 서식지를 찾아온 생물들과 나는 닮은 꼴이라는 것입니다. 한적한 농촌에서 이식되어 도시에서 살게 된 나. 이제는 고향에서 보내온 시간보다 도시에서 보낸 시간이 훨씬 많습니다.

처음 생소했던 시간들, 힘들었던 일, 즐거웠던 일, 행복한 순간순간들이 떠올랐다 사라지며 살랑부는 바람에 풀숲의 작은 노랑, 보라 야생화들이 눈에 들어옵니다.

각자 자신의 차례를 기다려 피어나는 가을 들꽃을 보며 서툴고 분주했던 시간을 내려놓습니다. 이제 내 마음에서 자연스럽게 피어나는 나만의 꽃을 피워보기로 합니다. 곧 서리 내려 질 꽃이면 어떻습니까? 피워내는 행복을 맛보고 찬란하게 꽃피웠으면 족하지요. 풀숲에서 피어나 가끔 불어오는 바람 덕에 지나는 길손을 미소짓게 하는 야생화이어도 좋겠습니다.

지금 피워봐요

서리 맞아 곧 질 꽃이면 어때요
지금 피었으면 됐지요

열망으로 핀 가을 꽃 보며
인생 덧없다 하지 말고
지금 다시 피워보기로 해요.

바람 타고 온 가을

지난밤 태풍이
이슬비만 남기고 떠나고
아침햇살 비춰올 때

노랑 웃음 짓는
각시원추리 머리 위로
꽃잎 매단 지 한창 지난
서너 그루 목백일홍

지난겨울
눈 이고도 푸르렀던
측백나무 목 언저리에
핑크빛 마음 살포시 얹는다

바람 타고 온 가을도
덩달아 그 옆에 와
살며시 앉는다.

거북마을에서

사람이 언제 지나갔는지
짐작이 가지 않는 오지에 드니

운무가 꽃처럼 펼쳐지고
보이지 않는 곳에서 노래하는
신비로운 새들의 소리 가득하고

산과 산 사이에
숨골이 되어 흐르는 동강
고운 색깔과 문양으로
다시 태어나는 돌의 향연

그 곁을 지나는 이들도
그들과 하나되어 흐른다.

가을 어느 날에

필 때는 풋사랑인 양 수줍더니
자신만의 빛깔로 바람결에
웅장하게 봄이 지고 있다

지는 일도 쉽지 않을 터
온몸이 붉도록 샛노래지도록
힘써서 지고 있다

햇볕이 지난 계절을
울긋불긋 그려놓고
바람의 춤사위 따라 낙화하는 지금은
모든 것이 가을이다

바스락거림이 좋아
먼길을 돌아 집으로 가는
나도 가을이다.

밤하늘 아래서

봄꽃 피고 봄꽃 지고
여름꽃 피고 여름꽃 지고
가을꽃이 피고 있다

지난 계절은 향기와 빛깔을
내 눈에 내 마음에 아로새기고
사라져갔다

아니 지상의 꽃은 사그라들며
하늘의 꽃으로 떴다
가을이 깊어질수록
별들도 많아지는 이유이다

어둠이 내리는 거리에 홀로 서서
하나 둘 떠오르는 하늘꽃을 보며
내일을 여는 빛을 안는다.

가을맞이 벤치

고풍스런 옛소매 같은 옥잠화 곁
국화가 몽우리 짓고
다소곳이 자기 차례를 기다리고 있다

아지랑이 핀 아련한 봄길 지나
한여름을 울고 떠나는 매미 같은
치열한 여름 기울 때

다시 만날 가을 그리며
설렘으로 벤치에 앉으니
노란 국화 화사히 맘에 피어오른다.

화양구곡에서

산과 산 사이 골짜기마다
쉬임없이 물 흘러
산을 적시고 들을 적시듯

너와 나 사이 거리가
너와 나의 다름이
골짜기처럼 슬픈 것 같지만

그 사이 사랑의 물길
쉬임없이 흘려보내면
단풍처럼 물들어

물빛 짙어진 가을날
새벽 안개 베일 벗고
신비한 화양구곡 펼치리라.

백마강 붉은 달

새벽의 땅 부여扶餘
부소산 기슭으로 내려오던 빗방울
사비루에 사뿐히 내려앉고

백제 왕이 정사를 도모하던
송월대 자리 지나
숨은 계단길 뚝 멈춘 벼랑
바위 틈 비집고 나온 생명력
삼천 송이 꽃향기 담아내누나

40리 수변 따라 색색이 코스모스
물억새 머리칼 보며 울렁이는 강물 따라
황토 돛배 흘러가며
나그네 얼굴에 품었던 역사 빛 물들이는

고대 동아시아의 큰 나라
서역 문물교역의 큰 길목

높이 뜬 붉은 달이
그날처럼 찬란하여라.

나무 데크길을 걸으며

가을 숲
나무 데크길을 걷는다

나무길 위에
이파리 떨어뜨리는
허리 굵은 소나무
갈색 잎을 흔들며
반기는 상수리나무

손으로 만져보고 안아본다
내가 태어나기 전부터 지나왔을
그들의 계절을 느끼며
나의 살아갈 날을 떠올린다.

별 마실

가을이 깊어갈수록
밤하늘의 별들이 많아지는 건
이상한 일이 아니다

단풍나무 밑에서 위를 보니
마실 나온 별들이 단장하며
돌아갈 채비로 수런거린다

그 아래 반나절 서성거리니
본향을 향한 마음 간절하여
내 두 볼도 벌겋게 달아오른다.

아, 대한민국

분단국가, 작은 영토
아슬아슬했던
아, 대한민국

역경 속에 땀 흘려
대지에 우뚝 서서
전설이 된
승리의 대한민국

고운 꽃으로 활짝 펴
빗물에 젖어도 사라지지 않는
신비로운 꽃내음 가득한 나라

바른 길을 지키며
꿈 열정 위에 화합 버무려
한번 더 우뚝 서라
아, 승리의 대한민국.

신비한 시

내 마음의 어딘가에서
한 방울씩 솟아
찰랑임 들려올 때

두레박을 내려
흘릴까 튀어 도망갈까
가만히 길어 올려
얼른 품에 안는다

내장까지 행복해지는
신비한 시의 맛.

보이지 않는 손

어느새 초목이 부쩍 자란 건
보이지 않는 손의 돌봄 때문이지
갈한 마음이 생수로 채워지는 건
그 손의 펌프질 때문이지.

나만의 매력을 찾아

도시의 풍경은 이제 예전과 사뭇 다릅니다. 여전히 고층건물이 즐비하게 서 있고 오가는 사람들로 붐비지만 그 사이사이로 자연의 숨소리가 들려옵니다. 고층빌딩 사이에서 틈새를 찾아 자연을 느끼도록 배려한 흔적들이 보입니다. 도시조경은 이에 관련한 학과가 있을 정도로 사회적 관심 분야가 된 지 한참 되었지요.

버스를 타고 창밖을 내다보면 깊은 숲속에나 들어가야 볼 수 있는 오래되고 멋스러운 소나무들이 우뚝우뚝 서서 눈을 즐겁게 합니다. 이제 깊은 숲에 들어가지 않아도 솔숲 향기를 맡거나 인공 시내에서 흘러가는 물소리를 듣고 그 주변에서 갈대의 청아하게 흔들리는 자태를 볼 수 있습니다.

소나무는 내 유년 시절 마을 뒷산 곳곳에 서 있었습니다. 늘 뛰놀던 뒷산에서 마주하곤 했지만 매력적이라 느낀 순간은 없었습니다.

가뭄 끝에 갈라진 논바닥 같은 까칠까칠한 수피, 오래된 골목길처럼 이리저리 예측할 수 없게 구부러진 가지, 가는 가지 끝에 매달린 바늘 같은 이파리.

그런데 이런 소나무에 대한 생각은 어느 순간 바뀌었습니다. 우리나라의 부산 앞바다가 보이는 숲에서 '에이펙 회의'가 열린다는 소식을 접한 순간 의아했습니다. '왜 하필 부산의 산속일까, 우리나라 숲에 외국의 정상급 사람들에게 보여줄 만한 무엇이 있었던가.'

러시아 대평원의 은회색 자작나무 숲, 유럽의 여행자들이 극찬하는 융프라우의 장엄함과 에베레스트의 위압적인 고도의 경이로움을 알고 있는 나로서는 올망졸망한 우리네 산은 참 초라하게만 보였습니다.

그 장소에 직접 가본 순간 나의 생각이 잘못임을 알게 되었습니다. 산속에 위치한 회의 장소에 올라가기까지 때 이른 동백꽃 붉은 꽃술 사이로 푸르면서도 잔잔한 부산 앞바다의 평화로운 얼굴이 언뜻언뜻 보였습니다. 술래 없는 숨바꼭질이 끝나갈 즈음 이번에는 소나무 숲이 이어졌습니다.

크지도 작지도 않은 키와 화려하지도 평범하지도 않은 한 그루 한 그루. 소나무 군락은 참으로 멋스러웠습니다. 어렸을 적 보았던 소나무의 특성 그대로를 가졌지만 가꾸고 다듬어 놓으니 고풍스런 아름다운 향기가 꽃을 피우고 있었습니다.

세계의 정상들이 자동차로 그 길을 올랐던지, 담소하며 유유자적 걸었던지 해변을 끼고 서 있는 멋스러운 나무의 자태에 반했을 것입니다. 그곳은 세계에 우리를 보여줄 수 있는 가장 적합한 장소였습니다. 소박하지만 푸름을 잃지 않는 소나무는 바로 우리네 삶과 역사를 가장 잘 대변해 주는 수목입니다.

소나무의 귀함과 아름다움의 발견은 사고의 변화를 가져왔습니다. 외모나 재능을 대하는 태도가 달라진 것입니다.

평소 나의 외모에 대한 불만은 아무리 꾸며도 도시적인 세련미가 느껴지지 않는다는 것이었습니다. 나의 소박한 외모에 맞는 헤어스타일을 찾다가 단발머리를 해보았습니다. 이구동성으로 말하기를 "다른 사람들이 그 스타일을 했다면 이런 느낌은 나지 않을 거예요." 하는 것이었습니다. 자신의 재발견, 나만의 매력을 찾아가는 삶은 참으로 행복한 일입니다. 자신의 가치를 높이는 고귀한 일입니다.

어찌 외모뿐이겠습니까? 남들이 알아주든 알아주지 않든 내가 잘 할 수 있는 일을 찾아 정진해 나간다면 행복한 하루하루, 소중한 인생이 될 것입니다.

예전에 외국의 권위 있는 박람회에 우리나라 야

외 화장실의 모형을 만들어 전시한 적이 있습니다. 이 작품이 큰 상을 받았지요. 사진을 보니 실지로 어릴적 시골에서 이용하던 화장실 그대로였습니다. 볼일을 보기 위해 답답한 집 안을 벗어나 잡풀, 야생화길을 걸어가는 시간은 아무 근심이 없었습니다. 사찰에서는 우울한 기분을 푸는 곳이라는 의미로 '해우소解憂所'라 부릅니다. 거론하기도 부끄러운 재래식 화장실이 아니라, 모든 근심을 푸는 아름다운 장소로 세계에 새겨준 이에게 찬사를 보냅니다.

　매끈하고 아름다운 외모, 타고난 화려한 재능, 뛰어난 지능 등을 소유한 사람만이 행복하게 살 수 있는 세상이라면 그 행복을 누릴 수 있는 사람이 얼마나 되겠습니까?

　자신의 고유한 모습을 가꾸고 매력을 찾아 발산하여 보석처럼 빛나는 인생을 살아가는 사람은 참으로 아름답습니다.

풍경이 되어

초록 이파리가
가장 빛나는 빛깔이 되고자
태양을 견뎌낸 시간들

어느 저녁 바람 한 자락에 춤추듯
홍엽 한 잎 한 잎 떨어지고 있다

태양도
하루 중 가장 아름다운 얼굴로
빌딩 숲 뒤로 사라지고
그 홍조마저 거두어가는 저녁에

나는 그저 풍경 속의 한 점이
되어 서 있다.

감이 익어갈 때에

감이 익어가듯
가을도 익어간다

가을 해가 붉게 익어
산 너머로 떨어지고

겨울 하늘이
맑은 얼굴 내밀 때

나무가 낙엽마저 떨구고
겨울 준비에 들어가듯

내 몸의 알토란들을
남김없이 내줄 때
나도 겨울을 날 수 있겠지.

요즘 하는 요리

청년 시절 지나가니
입이 맛있다 하는 것보다
몸이 좋다는 것을 먹는다
요리도 그렇게 한다

젊은 날이 지나갈수록
불꽃을 일으키는 감정보다
잔물결 이는 감정이 좋다
호반에서의 하루가 즐겁다

오늘도 난 너와 나 사이에
양념 버무려 놓고
가만히 스며들기를
고요히 숙성되기를
기다리고 있다.

가을이 오면

가을이 오면
하늘을 자주 올려다보아요
뭉글뭉글 탐스런 구름들이
사뿐히 걸으며
미소를 보낼 거예요

바람이 옷깃을 스치고
발밑에 바스락 소리 들리면
나무 위를 올려다보아요

형형색색 고운 빛깔이
눈 안 가득 들어오면
행복도 품안으로 들어올 거예요.

글자 중의 으뜸

세종대왕, 백성을 위한 착한 마음
신하들의 반대, 시력 저하 무릅쓰고
훈민정음 28자 완성

이를 익혀 책을 읽고
편지 쓰는 사람 늘어나고
억울한 일 당하는 이 줄어드니
참으로 아름다운 글자다

발성 기관 본딴 자음
천지인 3개로 모음 표현
과학적이고 우수하니
유네스코 세계 기록 유산 등재되었다

세계에서 가장 많은 발음을
표기할 수 있는 문자
문자 없는 나라에 UN이 제공하여
3개국이 한글을 문자로 쓰고 있는
세계 통용 글자

문맹자 없애기 가장 좋은 글자
세계인이 입 모아 칭송하며
'세종대왕 문맹 퇴치상' 제정된

만든 이, 반포 일,
만든 원리 아는 유일한 문자
가장 배우기 쉬운 글자 중의 으뜸.

물왕호수 캠핑장에서

어느 가을날 우리는
갈대꽃이 함박 웃음짓는
강변의 나무길을 걸어
유년의 숲으로 들어갔다

쑥부쟁이 꽃무리처럼
까만밤을 하얗게 재잘거리다
한일전 축구의 함성으로 잠들어

새벽 별빛 물안개 비출 때
노란 코스모스 같은 스쿨버스
하늘거리며 푸른 들판을
달리는 꿈을 꾸었다.

제4부

비를 좋아하는 너에게

상생의 땅

너와 나 하나로 만나 출렁이면
가마우지 창공으로 날아오르고
밤 물결 위에 별은 내려와 쉬고
사람도 기대 사는 풍요의 땅 되리.

시흥동 B서점 이야기

살다 보면 소소하지만 행복한 순간을 만날 때가 있습니다. 수년 전 가을 관악산 등산로 입구에서 만났던 별처럼 떠 있던 작은 단풍잎들을 보았던 순간이 그중의 하나입니다. 연말에 새해 탁상용 달력을 받아 들고 맨 처음 한 일은 뒷장으로 넘겨 빨간색으로 '관악산 단풍 보러 가기'를 써넣은 것이었습니다.

올봄에는 뒷산의 나무 데크길에서 버찌를 따먹으며 '내년 달력에는 버찌 따먹기 추가해야지' 하는 생각을 했습니다.

요즘은 억새풀의 춤추는 회색 머리칼을 보며 금천교에서 철산교까지 자전거를 타고 씽씽 달리는 순간이 참 좋습니다. 안양천에 놓여진 징검다리 부근에 이르러 요한 슈트라우스 2세의 〈아름답고 푸른 도나우강〉을 듣고 돌아오곤 합니다. 비가 부슬부슬 내리는 날에는 사람들이 거의 없어서 음악에 맞추어 서툰 왈츠를 추니 참 좋았습니다.

최근에는 시흥동의 B서점에서의 일이 눈물 고이도록 행복한 일입니다. 내게 꼭 필요한 내용의 책들이 꽂혀 있고, 스포츠 복권, 로도 복권을 사서 체크하는 사람들이 책꽂이 사이 원탁을 놓고 앉아 있는 모습이 보입니다.

호기심에 생애 처음으로 내 손으로 복권을 샀습니다. 주인 부부와 대화를 나누던 중 동네에서 30년 넘게 서점을 운영하고 있다는 것을 알았습니다. 신기한 일은 서점 안채에서 쑥 나오시는 분들이 있다는 것입니다. 보통 뒤쪽은 살림집이 있을 가능성이 높습니다. 알고 보니 2층을 개조하여 손님들에게 내어주어 원하는 사람마다 국수도 끓여먹고 삼겹살도 구워먹는 것이었습니다. 일종의 동네 사랑방인 셈이지요. 이 시대에 이런 분위기의 서점이 있는 것이 신기해서 이것저것 대화하다 보니 여 쥔장의 살아온 이야기를 들을 수 있었습니다.

주인장의 어머니는 불교 모태신앙으로 불교도였는데 본인은 청년 때에 친구 따라 교회에 갔다가 은혜를 받고 열심히 신앙생활을 하게 되었답니다. 이를 지켜보던 어머니는 '종교의 자유가 있으니 너는 교회를 다녀라.' 하셨다 합니다. 요샛말로 참 쿨하신 어머니입니다.

아버지는 어린 7남매가 자라고 있는 시절에도 도통 가정을 잘 돌보시지 않았습니다. 어머니는 집에서 키운 콩나물과 각종 야채, 된장을 장에 내다 파셔서 자녀들을 길러냈습니다. 새벽 4시에 나가셨다가 야채가 다 팔리면 집에 오곤 하셨는데, 다시 오후에 나가셔서 한밤중이 되어서야 돌아오셨습니다.

주인장은 초등학교 때부터 밥짓는 것은 물론 각종 반찬, 김치까지 담그며 어머니의 빈 공간을 채웠습니다. 집에 돌아오신 어머니가 조금이라도 쉴 짬을 주기 위해 시작한 일이었습니다. 지금도 이분은 주변 분들에게 어려서부터 다져온 음식솜씨를 발휘해 반찬을 해드리며 섬기는 생활을 하고 계십니다.

한창 성장기에 어른도 하기 어려운 일을 쉬임없이 하다 보니 관절염이 왔고, 120개의 침을 맞으며 치료를 받았습니다. 이런 딸을 보는 어머니는 늘 미안해하시고 안타까워하셨는데 꼭 한 번 딸의 뺨을 때린 적이 있다고 합니다.

하루는 집안을 돌보지 않는 아버지에게 따졌습니다. 그 순간 어머니는 딸의 뺨을 때리며 '아버지에게 그러면 안된다'고 하셨답니다. 아버지가 일찍 병환으로 돌아가셨을 때에 어머니는 서럽게 우셨다고 합니다. 무촌이라는 부부라 할지라도 서로에 대한 존대나 사랑이 식어지고 자신의 유익만을 위해 살아가는 이 시대에 오랜만에 듣는 따뜻한 이야기는 마음을 뭉클하게 했습니다.

나는 눈물을 글썽이며 '어머니가 예수님을 구세주로 믿고 구원의 길로 가셨으면 얼마나 좋았을까.' 하는 생각을 하였습니다. 주인장은 청년시절이 지나 결혼을 하고 집안의 반대로 교회에 나가지 못하게 되었습니다.

이때 나는 정신이 번쩍 들었습니다. '이분을 모시고 교회에 가자.' 마침 새신자 초청주일이 다가오니 그때 오실 것을 기대하며 초청장을 드렸습니다. 말로는 못하고 날짜와 시간을 빨간 줄로 그어 전해드렸습니다. 두 번째로 초청장을 드리고는 '한 번은 꼭 말을 해야 할 텐데.' 하는 생각이 들었습니다. 수줍음이 많은 나에게 담대함을 주시기를 기도하는 중에 '모세에게 아론을 붙여주신 것처럼 저에게도 사람을 붙여주세요.' 하는 기도가 나왔습니다.

오후 예배가 끝나고 이 은혜의 충만함을 간직한 채 '오늘은 가는 길에 꼭 초청의 말을 해야지.' 하며 결의에 차서 나가려는 순간 나를 부르는 분이 있었습니다. 자초지종을 말했습니다. B서점에 학생 때 복사하러 자주 갔으니 함께 가자고 하였습니다. 그분이 초청의 말을 할 때에 다음 주일에 함께 가자고 선뜻 답하시는 것을 들으며 쾌재를 불렀습니다. 두 분에게 너무나 감사했습니다.

서점 한켠에는 귀가 쫑긋 올라가 있는 엉금 토끼 한 마리가 질경이, 마른 칡을 오물거리며 놀고 있습니다. 이름이 토란이입니다. 요즘은 그 녀석 덕에 별일 없어도 토란이 보러왔다는 핑계로 B서점에 드나들며 한가로움과 따뜻함을 누립니다.

비를 좋아하는 너에게

비를 좋아하는 친구가 있다
비가 내리면 마음속까지
젖어드는 친구가 있다

봄 담장 위에 내려
넝쿨장미 붉은 물 들이고

여름 나뭇가지 위에 떨어져
초록을 키워내고

가을 소슬바람에 실려
홍엽과 춤추다

겨울 창가에
하얀 설렘으로 내리는 순간을
차곡차곡 버무려 두었다가

이별로 아픈 이에게 향기 내어주고
지친 이에게 생기 피어나게 하며

추운 마음 온기로 덮어주고
추억을 잊은 이에게
그리움의 꽃을 피워주는 너

수많은 계절의 빗방울을
정성스레 담아 호수를 지은
네가 있어서
그 사람이 너라서 참 좋다.

산책하는 노부부

푸른 수목원에 언젠가부터
꽃사슴 두 마리가 놀러 온다는 소문이 돌았다
첫눈이 소복이 쌓인 벚나무길에
뚜렷이 찍힌 발자국이 그 증거라고 한다

호수의 비단잉어와 참붕어와 개구리가
갈잎 사이를 헤엄치다 몸을 숨긴 날
두 마리의 꽃사슴은 장미 동산에서
젊은 날 골짜기를 걸었던 날을 회상한다

하얀 반점은 좁은 골짜기의 어둠 속에서도
밝은 구름만을 바라보며 걸을 때
하나씩 생겨난 하얀 구름무늬다

보라 붓꽃잎이 노을빛에 물들 때
그들이 지나간 흙길에는 단아하면서도
명랑한 그림이 그려져 있었다
그들이 호숫가에서 노니다 간 날은
물결 사이에서 감미로운 세레나데가 들려왔다.

카톡

카톡!
오늘 좋은 하루 되라며

카톡!
맛점하라며

카톡!
평안히 잠자라며

오늘도 네가 그립다며
목소리가 듣고 싶다며
내일 또 보자며
카톡거린다.

2월의 플라타너스

아름드리 플라타너스
지난 계절을
탁구공으로 매달고
서 있다

들려오던 발걸음
봄을 향해 멈춰서고
설렘의 숨소리만 들린다

저 앞에 계절의 문 열려
팝콘처럼 터질 순간을
기다리며 고요가 서 있다.

마음 전용 카톡

카톡! 카톡!
우산 가져가
수원은 비가 오네

카톡!
여기 서울은 쨍한데

카톡! 카톡!
망고빙수 먹고 있어
역시 열대국가야

카톡! 카톡!
오늘 서울 눈 내려
파카 꺼내 입었어

소식은 잘 전하면서
마음은 전하지 못하는 너와 나

왜 우울 모드냐며
버럭 짜증이냐며
타박 먼저 하는 너와 나
마음 전용 카톡이 시급해.

엄마와 언니

임천터미널

의자 위에 고요히 앉은 여인과
설렘과 두려움을 안은 소녀

두 사람이 손 흔드는 것을 신호로
서울행 직행버스는 출발했고
오류동 자취방, 언니가 기다리고 있었다

오늘도 60이 다된 동생에게
흑염소 진액 챙겨온 두 손을 보며
그 옛날 엄마는 새로운 엄마에게
나를 보낸 거라는 생각을 한다.

이끼 품은 나무

생명 품어 안은 존재의
깊은 숨소리가 들린다
바람과 햇볕도
그 호흡 속에 오래 머물고
사람도 그리한다.

양화진 선교사 묘지에서

한강을 내려다볼 수 있는 작은 언덕에 오르니 돌로 된 십자가가 줄지어 서서 손님을 맞이합니다. 아늑한 공기가 온몸을 평안하게 감쌉니다.

잘 다듬어진 묘지석은 방문객들에게 수백 명의 삶의 이야기를 들려주고 있습니다. 한 분의 기록 앞에서 발길이 뚝 멈춥니다. 최초의 선교사 닥터 헤론.

그는 외세의 물결이 조선 땅을 뒤덮으려 할 때 입국하였습니다. 헤론은 태평양 물살을 헤치고 질병의 고통 속에 살고 있는 이들에게 다가와 밤낮 의료 선교를 펼치다가 전염병에 걸려 34세에 목숨을 잃습니다. 그는 왜 지도에서도 잘 보이지 않는 반도의 나라 조선을 찾아온 것일까요?

그는 1856년 영국 더비셔 주에서 태어나 1870년 5월 미국 테네시 주의 녹스빌로 이주, 테네시 주립 대학교 의과대학을 최우수 성적으로 졸업합니다.

그는 의사 자격시험 준비 중 교회 부흥회에 갔을 때 성령으로 거듭나는 체험을 하고 기도 중에 "이제 준비가 끝났으니 땅끝으로 가라!"는 음성을 들습니다.

모교인 테네시 의대의 계속되는 교수 초빙이 있었지만 기도 중 들린 말씀에 따라 자신의 사역지를 찾아 떠나고자 합니다.

기독교 선교잡지에 실린 조선의 이수정이 쓴 '조선에 선교사를 보내 달라'는 편지를 읽는 중 주님의 부르심의 장소를 자각합니다. 의료 선교사로 지원하여 일본으로 가서 이수정을 만나 조선말을 배우고 문화를 익힌 후 1885년 6월 21일 마침내 그리던 제물포에 도착합니다.

그가 모국에서 배 위에 실은 것은 그의 몸만이 아니었습니다. 정신과 신앙, 생명 전부를 싣고 왔던 것이지요. 얼굴 한 번 본 적 없는 낯선 이들을 위해 태평양 물살 위에 추억과 가족, 자신은 훌훌 던져 버렸던 것입니다.

그는 닥터 헤론이라는 이름이 아닌 예수 그리스도라는 이름이 기억되기만을 바랐을 것입니다. 조선의 한 귀퉁이에 한 송이 꽃처럼 띄워놓은 그의 정신은 역사의 강물로 흘러와 나에게 말을 걸어옵니다.

다가올 시간 속에서 언덕에 또 서는 손객 있다면 더 진한 예수 그리스도의 향기를 맡고, 묘비명에서 많은 사연을 읽고 가겠지요.

"그리스도를 위해 한국을 얻는다는 희망이 없다면
 나는 이곳에 하루도 살지 않을 것이다."

  기독교 100주년 기념교회를 돌아보며 얼마나 많은 파장 속에 이 민족이 지금에 이르렀는지 가늠해 봅니다. 교회 앞 칠엽수 마로니에의 팔랑거리는 손인사를 뒤로하고 아름다운 언덕을 내려올 때 한 가락의 노래가 내 마음에서 출렁입니다.

  버들꽃 나루

  강 언덕에 서니
  한 송이 꽃도 내 곁에 선다

  각지의 곡물을 안아
  백성을 먹이던 고마운 길목
  눈빛 번뜩이는 이리의 아가리 되고

  묵은 조선 정신, 서구 물결 파장 일으킬 때
  고통과 가난에 찌든 이들을 치료하다
  조선 흙 속에 썩은 밀알 된 그의 소원은 하나

  당신들이 얼마나 존귀한 존재인가를
  아는 것

뱃전에서 갈라지는 태평양 물결 속에
가족과 추억, 자신을 묻고
조선의 강가에 꽃으로 피어나매

강물은 목숨 빛을 띠고 사랑으로 흐르고
강 건너 은빛 모래펄 어디선가 향기 다가와
소망 꽃 100년 훌쩍 넘게 피었다 한다.

초평호에서

산그림자 몸 담그고 하루를 놀고
태양이 호수와 눈 맞추다
벌게진 자취를 남기고
산 너머로 사라지면

달이 쉬며 얼굴 씻고
별들도 초평호수로 내려와
흔들리는 물의 품에서 잠든다

밤새 별들이 모아 온 사연
헹구느라 물결 분주하고

맑은 빛만 남을 때를 기다려
물안개 피는 새벽
남모르게 별의 몸을 열어 담아준다

날아오른 별들은 마을 위에서
밝은 사연으로 빛나고
사람들은 왜 아침마다
새로운 행복이 솟는지 잘 알지 못한다.

겨울 마실

겨울밤
엄마랑 산 넘어
마실갔다가 돌아오는 길

미루나무집 아지매가 준
차가운 콩나물은 엄마가 들고
같은 반 상하네 엄마가 준
따끈한 호박떡은 내가 안고

문득 눈을 들어 하늘 보니
하늘 위 수많은 눈들이
나만 보고 있었다

오늘은 그 길에 서서
별들과 눈맞추고 싶은
그런 겨울 밤이다.

성탄 트리를 보며

성탄 트리의 반짝임은
전등의 점멸이 만들어낸
아름다움이다

우리네 인생에서
어둠의 시간은 왜 있을까
한숨짓지 말라

당시에는 슬퍼보이나
인생의 미학은
그 순간에 있는 것이니

고난으로 인생은 빛나나니
그 어둠의 순간마다
빛을 보는 눈이 열리나니

인생의 오솔길을 걸으며
반짝임을 관조하는
시인으로 서나니.

사진

탐나는 마음을 어쩌지 못하고
핑크빛 머금은 구절초 꽃잎을
꽃보다 더 고운 물방울 연잎을
바닷가 연인의 달콤한 무드를
꼼짝마 차알칵 집으로 가져와
흐뭇해 흐뭇해 참말로 흐뭇해

누구도 아우성치지 않는
완벽하고 조용한 도둑질해 와선
한밤중 좋아서 히죽거린다

오늘 아침엔 눈 내리는 들판과
조식 먹느라 바쁜 새 일가족을
통째로 보쌈해 왔다.

눈 오면 해야 할 일

하늘 저 멀리에서 내려와
소리없이 대지에 쌓여
꽃으로 피는 하얀 설레임

뽀드득 뽀드득
그 위를 걷는 이들의
가슴까지 내려와
웃음소리 그칠 줄 모른다

눈이 오는 날은
사랑하는 이를 만나
눈길 위를 하염없이
걷고 볼 일이다.

추억 먹기

헛헛한 겨울밤이면 멀쩡한 밥 끓여
추억을 지어 먹는다

뒷산에서 휘잉 한풍 부는 밤
아버지는 쪽문 열고 부엌으로 가
찬장에서 찬밥을 꺼내셨다

아궁이에서 빨간 불꽃 일고
가마솥이 치직 하얀 눈물 흘릴 때

뒤뜰 단지에서 얼음덩이 댓잎 헤집고
무 한 개 꺼내오는 건 내 몫이었다.

곶자왈 묵상

깊은 곳 굳고 갈라져
볼품없는 바윗덩이
훈풍 오가는 숨골

설경 중 둥지 튼 새
청록 이끼 원시림 사이
노래하며 날으네

부서진 바윗돌 인생
하늘바람 은혜샘물
흐르고 넘치니

비틀린 인생길 펴져
소망 뿌리 기쁨의 싹
천혜天惠숲 이곳이네.

노안

대충 보아도 무슨 내용인지
얼핏 보아도 무슨 일인지
알 것 같을 때에

많이 보고 많이 느꼈으니
이제 대략 보며 쉬라고
고마운 손님처럼 찾아왔다.

우리네 삶

집을 크게 짓고
빠른 자동차를 타고
비행기로 하늘을 날아다녀도

아주 작은 솜덩이 같은
눈발 아래 우리가 있고
너나없이 좁쌀만한
빗방울 하나 피할 수 없지

일평생 밟는 땅이 넓어도
형체도 없는 바람 한 점이
날아다니는 넓이에 비할까.